I0686329

Le dernier de ces contes ne
peut-être les autres sont de Ch.
Borde ; voyez Barbier ou Quérard
"Parapillá"

conserver cette
couverture !

CONTES
EN VERS.

Ite , agite , ô juvenes. Pariter sudate medullis
Omnibus inter vos. Non murmura vestra columbæ ;
Brachia non hederæ , non vincant oscula conchæ.
Ludite ; sed vigiles nolite extinguere lycnos.
Omnia nocte vident , nil cras meminere lucernæ.

A LONDRES,
Chez JEAN NOURSE,

M. DCC. LXIV.

AVERTISSEMENT

DE L'ÉDITEUR.

J'IGNORE quel peut être l'auteur de ces vers : le hasard les a fait tomber entre mes mains ; & comme ils m'ont amusé , j'ai pensé qu'ils pourroient peut-être produire le même effet sur d'autres. J'avouerai cependant que j'ai hésité long-temps. La forme du manuscrit indiquoit assez que ce badinage avoit été rapidement écrit par quelqu'un , qui n'y attachoit guere d'importance , & qui n'avoit cherché qu'a s'égayer. Des traits légérement passés sur des tirades entieres , des crochets placés à plusieurs vers , quantité de mots soulignés , étoient une preuve que cet ouvrage n'avoit pas été remis vingt fois sur le métier. Mon premier dessein avoit été d'élaguer les longueurs & les répétitions, de rectifier les rimes inexactes, de refferrer le tiffu de chaque conte , & de leur donner une marche plus rapide. Mais j'ai penfé que c'étoit un attentat d'inférer dans le travail d'un inconnu , des corrections qu'il pourroit fort bien ne pas approuver. J'ai réfléchi que le plaifir d'amener une rime plus fonore, me feroit peut-être facrifier l'expreffion propre , & énerver la penfée ; que la liberté & l'aifance étoient l'ame du Conte ; qu'on y fouffroit quelques négligences , pourvu que l'image fût vraie , & à peu près bien rendue : enfin , je me fuis rappellé cet axiôme fi jufte; *l'exactitude eft le fublime des fots.* Ces confidérations m'ont engagé à laiffer la copie telle qu'elle étoit.

QUANT aux fujets de ces Contes , il ne paroît pas que l'auteur les ait imaginés. Le fond n'eft point à lui ; les embelliffemens & le coloris feuls lui appartiennent. Le fecond eft extrait de la Légende de Saint Abraham, que tout le monde connoît. Le premier & le dernier font tirés d'un recueil Italien moins répandu. Le principal ouvrage qui s'y trouve eft intitulé : *Il Libro di Perche* , *le Livre du Pourquoi* ; & fon fujet eft énoncé en ces termes : *Perche fono i cazzi Picciolini* , *è le potte troppo grande.* Les Dames , s'il en eft quelqu'une qui life ce griffonnage , auront la bonté de fe faire expliquer ces mots par quelqu'un qui fache l'Italien , & à qui l'on ne puiffe appliquer la premiere partie du *Pourquoi* ; & fi elles ont oui dire que le fecond cas fe rencontrât en France , elles pourront indiquer le mot *Rétréciffeufe* , du Dictionnaire de Trevoux, ouvrage plein de décence , & compofé par les Révérends Freres , ci - devant foi - difant Jéfuites.

Je n'ai plus qu'une feule excufe à demander au Public défœuvré à qui je livre ces folies ; c'eft qu'il n'y trouvera rien de relatif au gouvernement , aux finances & à l'agriculture, trois fujets fi fort à la mode aujourd'hui , & qui fourniffent tant de matiere à de beaux rêves. Mais fi je n'ai pas confulté fon goût en lui offrant ces bagatelles, je faisis cette occasion de lni annoncer que je travaille au Prospectus d'un Ouvrage périodique qui embrassera toutes les parties de ces trois grands objets, & dans lequel je ne manquerai pas de faire imprimer les noms des souscripteurs.

CONTES
EN VERS.

UN MALHEUR NE VIENT PAS SANS
UN AUTRE.

CONTE,

Imité DAL LIBRO DI PERCHE.

S'IL est assez de Galans fortunés,
C'est au hazard souvent qu'il faut s'en
    prendre :
Gardez-vous bien, pour cela, de prétendre
Que par l'Amour vous serez couronnés.
Que si ce Dieu, vous couvrant de ses aîles,
Apprivoisa pour vous les plus rébelles,
Tremblez encore au milieu des lauriers.
C'est un bonheur de triompher des Belles ;
Mais n'en soyons pour cela plus altiers.

Combien d'échecs peut effuyer la gloire !
Un rien fouvent, au fein de la victoire,
Détruit l'efpoir des plus heureux Guerriers.

N'a pas long-temps que brilloit à Florence
Un Cavalier charmant & fait au tour :
Jeuneffe, efprit, bon air, magnificence,
Fleur de fanté, fur-tout grande opulence,
En avoient fait un Mignon de l'Amour.
Mais le bonheur bien fouvent nous égare :
Savoir jouir eft un tréfor bien rare.
Féindre, tromper par un foin importun,
Montrer un feu que chaque inftant diffipe,
Etre inconftant par goût & par principe,
Eft, dans nos jours, un art bien plus commun.

Sûr d'obtenir des victoires certaines,
Lindor voloit de faveurs en faveurs.
Triomphoit-il de quelques inhumaines,
Il allumoit bientôt d'autres ardeurs.
Plus d'un bel œil avoit verfé des pleurs :
Il s'en moquoit ; & les plus lourdes chaînes
N'étoient pour lui que des liens de fleurs.
Il les formoit & les brifoit fans peines.

A voltiger l'ingrat accoutumé
Des doux plaifirs effleuroit la furface :
Les plus légers le fuivoient à la trace ;
Il en étoit quelquefois enivré.

Le vrai plaisir, ce sentiment sacré,
Qui de ses feux vivifiant nos ames,
Brûle nos cœurs des plus heureuses flammes,
Du malheureux fut long-temps ignoré.
Par sa conduite Amour se crut bravé;
Et dans ce cœur à ses loix si rébelle,
Il fit jaillir une simple étincelle,
Qui l'eut bientôt tout-à-fait embrasé.
Ce ne fut plus ce conquérant volage,
De ses exploits vainement orgueilleux :
Un seul coup d'œil abattit son courage.
Dès qu'il aima, plus timide & plus sage,
Il fut soumis, craintif, respectueux.
Il n'employoit que ce tendre langage,
Garant muet des amoureux desirs.
On écoutoit ses plaintes, ses soupirs :
Il n'avançoit pour cela davantage.

Apre's trois mois l'Amour en eut pitié :
Il attendrit le cœur de la cruelle.
Camille enfin, c'est le nom de la belle,
Avec Lindor se trouva de moitié.

Tendre, sensible, à la fleur de son âge,
Comptant à peine encore dix-huit ans,
Depuis trois ans soumise au mariage,
La jeune Amante étoit la vive image
De maints portraits tracés dans nos Romans.

C'eſt dire aſſez qu'elle avoit en partage
Fraîcheur de peau, mince & joli corſage,
Beaux yeux, beau pied, belle gorge, beau bras,
Des dents d'ivoire, & mille autres appas,
Qu'un bon Conteur * nomme en certain ou-
     vrage,
Grands préjugés pour ceux qu'on ne voit pas.

    PAR l'ordre exprès d'une mere ſévere,
Qui peſoit l'or, & non pas le penchant,
Elle avoit fait le frivole ſerment
D'aimer toujours, de n'avoir pour amant
Qu'un vieil époux, jaloux ſexagénaire,
Riche d'eſpece, & pauvre d'agrément.
Le grave Hymen, du lit propriétaire,
En avoit fait un triſte Séminaire,
Où les ennuis ſiégeoient paiſiblement.
On y dormoit toujours profondément :
Deux fois par mois, d'un très-mince ordinaire
Le vieux mari régaloit ſeulement :
Encor, pour peu qu'il ſurvînt accident,
Retranchoit-il la moitié de la chere.

    DU reſte rien ne manquoit au logis ;
Camille avoit en bijoux, en habits,
Tout ce qui flatte, & ce qui plaît aux Dames :
On ſait aſſez que chez nombre de femmes

---

* Vergier, Conte du Roſſignol.

Tous ces brillans font des objets chéris.
Mais, vains tréfors! inutile richeffe!
Les biens du cœur font d'un tout autre prix.
Un fimple bois, où l'on voit fa maîtreffe,
Excite plus de tranfports, d'allégreffe,
Que les contours d'un faftueux lambris.
Tout s'embellit auprès de ce qu'on aime :
On n'y connoît ni crainte ni remord.
Un feul baifer vaut mieux qu'un Diadême :
Que fert un trône & la grandeur fuprême,
Quand à nos pieds la volupté s'endort ?

Nos deux Amans, malgré leur douce ivreffe,
Dans la contrainte en fecret gémiffoient.
L'œil du jaloux rodoit fur eux fans ceffe :
On auroit dit que contre leur tendreffe
Tous les malheurs à la fois s'uniffoient.
Des importuns l'engeance redoutable,
A chaque inftant preffante, inexorable,
Leur enlevoit les plaifirs les plus doux.
O! triftes gens, que de bon cœur j'abhorre!
J'en ai bien vu, j'en verrai bien encore :
Eh! qu'à bon droit je leur dois mon courroux.

Quelques baifers pris à la dérobée,
Contre la jambe une jambe preffée,
Dans les juppons une main enfoncée,
Pour tant de feux font de foibles douceurs.

Ils foupiroient après d'autres faveurs ;
Quand le mari, preffé de quelqu'affaire,
Se réfolut, contre fon ordinaire,
De s'abfenter feulement pour deux jours.
Temps fortuné, fous l'aîle du myftere,
Pour nos Amans, loin des yeux du vulgaire,
Vous ferez tout filé par les Amours.

DANS le jardin une porte fecrette
Donnoit iffue en un fombre réduit.
Là notre Amant, à l'écart & fans bruit,
En attendant que la Dame Laurette,
Soubrette fûre, avifée & difcrette,
Dans le logis l'eût enfin introduit,
Claquoit des dents avant qu'il fût minuit.
C'étoit l'hiver ; & la bife étoit dure :
Sous fon manteau triftement il murmure ;
En grelottant fe ferre fortement,
Pour éviter les atteintes du vent.
De plus en plus la nuit aux voiles fombres
Enveloppoit les humains de fes ombres ;
Et notre Amant affrontoit fans terreur
L'obfcurité, le filence & l'horreur.

LA porte craque, elle s'ouvre, il s'y jette ;
Il marche avec la gentille Soubrette ;
Lui prend la main, & lui ferrant le bras,
En homme inftruit la remplit de ducats.

À le fervir, Laure plus animée,
Preffe fes pas, pour tout remerciment;
Pouffe une porte, & puis l'ayant fermée,
Conduit Lindor droit à l'appartement.

   POUR éclairer d'auffi douces orgies,
Un luftre épais fupportoit vingt bougies,
A trente pas un feu clair & brillant,
Dans le foyer brûloit en pétillant.
La foie & l'or, rivaux de la peinture,
Avec éclat relevoient la tenture :
De grands trumaux, de dorure encadrés,
Par intervalle y font encor placés.
D'un luxe heureux les ornemens futiles,
Des cabinets au Japon verniffés,
De laids magots, colifichets fragiles,
Pour nos plaifirs à Pekin façonnés,
Dans tous les coins font galamment groupés.
Des fleurs, dont les guirlandes nuancées
En ferpentant embraffent le plafond,
Sont à l'alcove en feftons rattachées.
Dans ce réduit fpacieux & profond,
Retraite sûre au bonheur confacrée,
Sur une eftrade avec art échancrée,
S'éleve un lit, préparé pour l'amour.
Tout l'infpiroit dans cet heureux féjour :
Des doux parfums la feve réunie

Embaume l'air des plus vives vapeurs ;
Et confondant leurs piquantes odeurs ,
Redonne aux fens une nouvelle vie.
Quatre rideaux , que Lyon a tiffus ,
Sont par des lacs au plafond fufpendus :
Et la clarté , dans leurs replis enclofe ,
S'y coloroit de vermeil & de rofe.
Des draps plus blancs , plus doux que le fatin ,
S'y nuançoient des teintes du Carmin.
Sur le duvet Camille demi nue ,
Développoit mille attraits à la vue.
Le tendre Amant , qu'anime un doux tranfport,
Tombe à genoux , la ferre avec effort . . .
,, *O doux objet , ô Maîtreffe adorée !* *
,, O , de mon cœur pour toujours révérée !
,, Viens.....viens preffer ton amant dans tes bras.
　　IL dit , il veut jouir de tant d'appas ;
Et fe hâtant , d'une main prompte & fûre ,
Il fe défait d'une vaine parure
Qu'Amour rejette en fes heureux combats.
Si la pudeur quelquefois en murmure ,
Le plaifir rit , & ne l'écoute pas.

NOTE DE L'EDITEUR.

(*) Ce vers fe trouve dans le Poëme de la Pucelle. L'Auteur auroit-il été affez peu inftruit pour ne le pas favoir , ou affez borné pour n'en pouvoir faire un autre ?

UNE chemife avec foin parfumée,
D'une dentelle élégamment bordée,
Bonnet de nuit, en forme de turban,
Dans fon pourtour décoré d'un ruban ;
Robe de chambre amplement ouatée,
Du pauvre Epoux ordinaire ornement,
Etoient ce foir préparés pour l'Amant.
Il vole au lit de celle qu'il adore :
L'effain entier des defirs le dévore.
Mille beautés que découvrent fes yeux,
Sont mille fois par fes mains careffées,
Et mille fois par fa bouche preffées.
Il laiffe errer fes regards curieux :
Il voit.... Amour ! toi qui les a formées,
Embrafe-moi du feu de tes rayons.
Viens m'enfeigner tes fecrets, tes myfteres ;
Ou fi mes vœux, hélas, font téméraires,
Brife en mes mains mes fragiles crayons.

DE'JA preffé du feu qui le tourmente,
Il a fuccé, d'une levre brûlante,
Ces bords charmans, rougis par le corail ;
Des doux baifers la force triomphante
S'ouvre un chemin dans ce joli bercail ;
Et, fous l'effort agitée & tremblante,
Sa langue perce & l'ivoire & l'émail.

SOUS ce corfet, Ciel ! quelle fleur repofe ?

Eſt-ce une fraiſe ? Eſt-ce un bouton de roſe ?
L'heureux Lindor briſe, arrache ſes nœuds ;
S'y précipite, & dans ſa douce ivreſſe,
De ſes ſoupirs embraſant ſa Maîtreſſe,
Augmente encor ſes deſirs & ſes feux.
Il preſſe, il touche, au gré de ſon envie,
Et le ſatin d'une cuiſſe polie,
Et les détours d'une croupe arrondie,
Qui, ferme & dure en ſon heureux contour,
Fait rebrouſſer, ſur ſa ſurface unie,
Les doigts frippons qui rodent à l'entour.
Bientôt, du doigt écartant la charmille,
Et s'engageant à travers le buiſſon,
Du tendre Amour il ſaiſit la toiſon …
Mais quoi !... Le feu qui dans mon ſang pétille,
La volupté dont s'embraſent mes ſens,
Font vaciller mes pinceaux chancelans.
Rompons ces traits … effaçons ces images…
Oſer, Amour ! eſquiſſer le plaiſir !
Viens m'en punir... Viens venger tes outrages…
Couvre mes yeux des plus épais nuages …
Mais laiſſe-moi le bonheur de ſentir.

CAMILLE enfin, à ſon ardeur livrée,
Près de Lindor mourante, inanimée,
Croyoit atteindre au faîte du bonheur.
Mais à l'inſtant, ſans force & ſans vigueur,

De

De ſes reſſorts la puiſſance affaiſſée,
Laiſſe ſans jeu ſa machine épuiſée.
Bientôt Camille apperçoit ſa langueur.
Elle en ſoupire, elle en eſt conſternée.
Elle tâtonne, elle allonge la main,
Serre, ſecoue; hélas! le tout en vain.
„ Je meurs, dit-il, de douleur & de rage.
„ Qui, moi? Qui, vous? Eſſuyer cet outrage!
„ Que m'ont ſervi mes triomphes paſſés?
„ Par cet opprobre ils ſont tous effacés.
„ De mon amour, cruelle récompenſe!
„ Ah! quand, du Ciel affrontant la rigueur,
„ J'oſois braver, dans mon impatience,
„ La ſombre nuit, l'hiver & la froideur,
„ Mon ſang bouilloit d'une trop vive ardeur.
„ Des doux plaiſirs la flatteuſe eſpérance,
„ M'offroit alors une heureuſe apparence,
„ Qui de mon ſort redouble encor l'horreur.
„ Mes feux ſe ſont concentrés dans mon cœur.
„ Pardon : je vais réparer mon offenſe.
    Il dit. Il ſaute, il vole loin du lit.
Auprès du feu, guidé par ſon dépit,
En frémiſſant, il s'avance & s'étale.
Aux longs ſanglots, que ſa fureur exhale,
Camille encore eſt prête d'eſpérer.
Elle ſouhaite, & n'oſe ſe flatter.

                                        B

Elle le voit qui s'échauffe & s'excite.

Contre lui-même il s'offense & s'irrite,

Il veut punir fur un infortuné

L'affront cruel dont il eſt étonné ;

Tandis que lui, fous fes mains homicides,

S'échappe, fuit, & fe perd dans les rides

Dont tout fon front femble être fillonné.

   Puis *ramenant* ~~finiront~~ fa penſée éperdue

Sur les attraits dont il devoit jouir,

Il veut tenter fi, par ce fouvenir,

Son ame au moins ne feroit point émue.

Au fond du lit il entend un foupir.

„ Ah ! malheureux ! C'eſt à moi de gémir

„ Du trait cruel qui m'accable & me tue.

„ Ciel ! quels appas tu montrois à ma vue ! . . .

„ Tetons charmans, égaux dans leur rondeur ;

„ Petits Boutons, piquans par leur rougeur ;

„ Peau, de la neige effaçant la blancheur ;

„ C'eſt donc en vain, qu'à mon ame épuifée

„ Vous étaliez votre éclat tentateur ? . . .

Quand, tout-à-coup, dans fon *ame* ~~air~~ glacée

Il croit fentir renaître la chaleur.

   Pour conferver cette heureuſe lueur,

Il va preffant de fa main embrafée

Le criminel, qui, la tête baiffée,

Sembloit languir de crainte & de terreur.

Il voit bientôt s'éclipfer fa pâleur.
Il fent bientôt, dans leur courfe empreffée,
De fes efprits les élans féducteurs.
Et, par fes foins mollement réchauffée,
Dans fes canaux la feve rallumée
Court picoter les mufcles érecteurs.

TEL, au retour de l'aimable verdure,
Un vieux ferpent, glacé par la froidure,
Prêt à mourir, languit dans les fillons.
Que fi, le Dieu, par qui vit la Nature,
Verfe fur lui fes bienfaifans rayons;
De tant de feux la force réunie
Fait fermenter fa chaleur engourdie.
Il fe dépouille. Il prend une autre vie.
Son fang nouveau s'allume à gros bouillons.
En écumant il redreffe la tête;
Fait hériffer fa redoutable crête;
S'allonge; tourne en replis ondoyans;
Et remplit l'air de fes longs fifflemens.

TEL, par degrés, prenant un nouvel être,
Le pauvre Amant fe fent enfin renaître.
Mais, comme il voit que le lit eft bien loin,
Dans le trajet craignant quelqu'aventure,
En homme habile il prend fage mefure.
De fon bonnet, qu'il échauffe avec foin,
Au nouveau né faifant une calotte,

B 2

Contre le froid si bien il l'emmaillotte,
Que l'air ne peut entrer par aucun coin.
Puis il s'élance ; après de tels obstacles
Se préparant à faire des miracles.
Mais comme il vole, en s'empaquetant bien,
Notre étourdi, qui ne prend garde à rien,
Donne en courant du pied contre l'estrade,
Tombe, & du nez mesurant le parquet,
Se fait au chef profonde estafilade.

ADIEU maillot, redingote, bonnet.
Le sang ruisselle, & Camille effrayée,
Saute du lit tremblante, épouvantée.
Lindor resté sans voix, sans mouvement,
Lui paroît être à son dernier moment.
Elle s'agite ; elle sonne Laurette ;
Et toutes deux opinent prudemment
Que le plutôt on conduise en cachette
Le moribond droit à son logement.

PAR deux Valets, bien payés pour se taire,
Et qui brûloient déjà de n'en rien faire,
Lindor chez lui sans bruit est reporté.
A son secours accourt la Faculté,
Tous les suppôts de Monsieur Esculape,
Gens toujours prêts à mordre dans la grappe.
On le saigna, clystérisa, pança ;
Bien & dûment on vous le trépana.

On n'épargna ni jargon, ni remedes.
On foudoya jufques aux moindres aides.
On embrouilla fi bien fon trifte état,
Que, par leurs foins cloué fur fon grabat,
Quatre grands mois il fut couché tout plat.

D'ABORD Camille en parut défolée.
Bientôt après elle en fut confolée ;
Et, dans la crainte, hélas ! qu'il n'en mourût,
D'un autre Amant promptement fe pourvut.

L'AMOUR ANACHORETE,

CONTE

Extrait de la Légende de St. Abraham.

J'AIME beaucoup une bonne lecture.
Cela m'inftruit, m'éleve & me foutient.
C'eft de Sageffe une onde vive & pure.
L'ame, par cette heureufe nourriture,
Dans les fentiers du devoir s'entretient,
Et c'eft hafard fi l'humaine nature
Sans ce fecours ici-bas fe maintient,
Mais, plus que tout, de la fainte Légende
Je lis fouvent les faftes éclatans.
J'y vois ces faints, généreux Combattans,
Faifant pour Dieu bien plus qu'il ne com-
    mande,
Efcalader le Ciel par leurs tourmens.
Des doux plaifirs fe refufant l'ufage,
J'y vois périr, à la fleur de fon âge,
Dans les douleurs un fauvage tendron,
Qui, pour garder fon trifte pucelage,
Se laiffe en paix déchirer le tetton.
J'y vois enfin un digne Solitaire,

Qui, loin du monde, inutile à la terre,
Dans les forêts vivant en loup garou,
Se niche au fond d'un antre ou bien d'un trou ;
Détruit son corps ; l'enchaîne ; le macere ;
Et de grands coups déchirant son derriere,
Devient crasseux & laid comme un hibou.
Malgré cela, dans ces sombres tanieres,
Un Dieu, que rien ne sauroit éclipser,
L'Amour, souvent parvint à se glisser.
Meurtrissez-vous de toutes les manieres,
Passez les jours & les nuits en prieres,
Jeûnez, soyez aussi sec qu'un pendu ;
Si le cœur reste, hélas ! tout est perdu.

Dans un Château fort peu distant d'Edesse,
Saint Abraham reçut, dit-on, le jour ;
Et, dès le temps de sa tendre jeunesse,
Son air dévot, sa grace, sa sagesse,
Avoient rempli tous les lieux d'alentour.
De ses parens l'inquiete tendresse,
Sans consulter ses goûts & ses penchans,
Dès qu'il parvint à peine à dix-huit ans,
Pour supporter le fardeau de la vie,
Fut lui choisir une femme jolie,
Et jeune, & riche, & pleine d'agrémens.
Mais à l'Autel faisant de vains sermens,
En longs regrets il changea l'alégresse,

Et dès le ſoir, redoutant ſa foibleſſe,
Il planta là ſa femme & ſes parens.

Dans un déſert, horrible ſolitude,
Repaire affreux des monſtres des forêts,
Il fut cacher ſa morne inquiétude,
Son repentir, & ſes ſombres regrets.
Là, chaque jour devenu plus auſtere,
Et n'écoutant que ſes pieux accès,
Il s'encagea ſous quatre murs épais ;
Par un ſeul trou vit paſſer la lumiere ;
Chargea ſon dos d'une groſſiere peau ;
Et ſur ſes reins étendant une haire,
Broutant de l'herbe & buvant de l'eau claire,
Enſeveli vivant dans ce tombeau,
Y végéta cinquante ans ſans rien faire.

Tous ſes parens cependant étant morts,
Il ne reſta qu'une jeune Orpheline,
Qu'il enferma, dans ſes dévots tranſports,
Dans une cage à la ſienne voiſine.
L'enfant réclufe à ſept ans en ce lieu,
Sous ſon ſaint oncle apprit le Catéchiſme.
Par la lucarne il lui parloit de Dieu,
Du Paradis, & du Chriſtianiſme.
Il lui faiſoit réciter le Pſeautier,
De Jeſus-Chriſt célébrer les louanges ;
Lui crayonnoit, ſous ſon pinceau groſſier,

Le Sanctuaire où s'inclinent les Anges,
Du feu d'enfer les tortures étranges ;
Ne lui vantoit que les céleftes Biens,
Et dans fon cœur, *par* ~~pour~~ fes faints entretiens,
Faifoit germer, d'une voix charitable,
L'amour du Ciel & la terreur du diable.

DE'JA dix fois, au fond de ces déferts,
Marie a vu la riante verdure
Fuir à l'afpect des farouches hivers.
Déjà dix fois elle a vu la Nature,
En reprenant fon heureufe parure,
Rendre la vie & l'ame à l'Univers.
Déjà fon fang, qu'un nouveau feu confume,
En pétillant dans fes canaux s'allume.
Un defir vague agite fa raifon.
Servir le Ciel n'eft plus fa feule étude.
Avec tiédeur elle fait l'Oraifon.
Elle apperçoit, avec inquiétude,
Son jeune fein fe pommer en Bouton.
Elle foupire en careffant fes Rofes ;
En les fentant fous fes doigts s'arrondir ;
De volupté fent fon cœur treffaillir.
De ces effets cherche avec foin les caufes,
Innocemment y trouve du plaifir,
Porte par-tout une main téméraire,
Tremble, rougit, en voyant en fecret

Ces lieux charmans confacrés au myftere,
Du tendre Amour afyle & fanctuaire,
Se cotonner de leur premier duvet.

CETTE ignorance, hélas! n'eft plus d'ufage.
Tous nos tendrons aujourd'hui, par malheur,
Sur ce chapitre en favent davantage;
Et bien fouvent, des Filles la plus fage,
Avant douze ans, a vu flétrir fa fleur.

A trente pas de ce même hermitage
Etoit encore un dévot perfonnage,
Qui, dès l'enfance en ces lieux élevé,
Pareillement s'y trouvoit captivé.
Sanctifié loin du fouffle des vices,
Il ignoroit le monde & fes malices;
Se châtioit pour les péchés d'autrui;
Paffoit les nuits étendu fur la pierre,
Ou bien le front plongé dans la pouffiere.
Las! nos reclus vivent mieux aujourd'hui.

PENDANT le jour fortant de fa retraite,
Et s'enfonçant dans l'épaiffeur des bois,
Il y formoit d'une lugubre voix,
Des chants qu'écho triftement lui répete.
Son œil dévot, qui voit tout fans rien voir,
De rien encor ne fe laiffe émouvoir.

SI le ruiffeau qui près de lui ferpente,
En murmurant appelle le plaifir.

C'eſt du Seigneur la Grace bienfaiſante,
Sur ſes élus toujours prête à jaillir.

Si l'herbe tendre, & la mouſſe légere,
Paroit un Trône où l'Amour doit jouir ;
Mille animaux ſont, dit-il, ſur la terre,
Et le Très-Haut daigne tous les nourrir.

Si dans ces jours où la ſimple Nature
Prend à nos yeux des ornemens nouveaux,
Sur des rameaux courbés ſous leur verdure,
Il voit voler deux jeunes tourtereaux ;
Leurs doux baiſers, leurs tranſports pleins de
    flamme,
Ne portent point le trouble dans ſon ame.
Tout rend à Dieu des hommages divers.
L'homme, éclairé d'une heureuſe lumiere,
En l'invoquant, dit-il, par la priere ;
Et les oiſeaux, par leurs brillants concerts.

Ainsi, plongé dans une erreur tranquille,
Le jeune Hermite ignoroit, à vingt ans,
De notre cœur les aſſauts renaiſſans,
Et conſervoit ce vaſe ſi fragile,
En ſon entier, dans le ſommeil des ſens.
Mais retournant à ſon gîte champêtre,
Il apperçut, en marchant au haſard,
L'humble Marie alors à ſa fenêtre,
Qui le fixa par un même regard.

De traits de feu , plus prompts que la penſée,
Son ame alors ſe ſentit embraſée.

Il s'arrêta , rougit , baiſſa les yeux ,
Et lentement s'éloigna de ces lieux.

En ſon réduit le ſimple Solitaire
Veut , en rentrant , adorer le Seigneur ;
Mais ſon eſprit , ſans force & ſans ferveur ,
Eſt agité d'un trouble involontaire.
Verſant des pleurs , & ſoupirant tout bas ,
Il veut en vain déchirer ſa poitrine.
Il ſent bientôt tomber ſa diſcipline ,
Et le dégoût vient déſarmer ſon bras.
Rien n'y pouvoit , ni Cantique ni Pſeaume.
L'ombre des nuits , qui ſur ſon toit de chaume,
Verſoit toujours de paiſibles pavots ,
Loin de ſon gîte écarta le repos.
Son ſang brûloit en roulant dans ſes veines.
Il vit enfin , ſuccombant ſous ſes peines ,
L'aube du jour ramener la fraîcheur.
Ses yeux , chargés d'une humide langueur ,
En évitant les traits de la lumiere ,
Du doux ſommeil ſentirent le pouvoir ;
Et la Nature , en fermant ſa paupiere ,
Plus mollement ſut bientôt l'émouvoir.
De ſes eſprits l'impétueuſe courſe ,
En ébranlant l'aſſemblage nerveux

Qui fait fentir, penfer, ou rêver creux,
Des voluptés ouvrit en lui la fource.
Les fens altiers, peres des paffions,
Rois dangereux de la frêle matiere,
Brûloient déjà d'une flamme étrangere;
Et, fuccombant à ces émotions,
L'ame éprouvoit, efclave involontaire,
Et leurs efforts & leurs fenfations.

Dans un bofquet, qu'émaille la verdure,
L'heureux dormeur, en rêve tranfporté,
De ces beaux lieux admire la parure.
Tout à la fois y paroît enchanté.
D'un jour plus doux, la magique impofture,
Peint les objets de plus douces couleurs.
L'air en flottant fur les tiges des fleurs,
Careffe, échauffe, entrouvre leurs calices,
De leurs parfums enleve les prémices,
Et feme au loin l'encens de leurs odeurs.
De mille oifeaux on entend le ramage.
Parmi les fleurs qui parent fon rivage
Court lentement un limpide ruiffeau.
Près de fes bords un favorable ormeau,
Entrelaffant fon fléxible feuillage,
Courbe fa tête arrondie en berceau,
Rien n'eft peigné; rien ne paroît fauvage.
C'eft la nature encor dans fon jeune âge.

C'eſt un beau jour du monde encor nouveau.

MAIS, quel objet ſur la mouſſe repoſe ?
Quel Dieu puiſſant, par un pouvoir divin
A mélangé les couleurs de la roſe
A la blancheur du lys & du jaſmin ?
Mon cœur s'émeut à ce touchant ſpeċtacle. . . . .
Ah ! ces élans, ce trouble, cette ardeur,
Du Créateur ſont le plus grand miracle.
A ſes bienfaits connoiſſons notre Auteur.
Dans nos plaiſirs éclatte ſa grandeur.

O VOLUPTE' ! charme brillant du monde,
Du vrai bonheur ſource toujours féconde ;
Et toi Plaiſir, ame de l'Univers ,
A chaque inſtant chargez-moi de vos fers.
Que de vos feux tout en moi ſoit l'organe.
Qu'il ſeroit doux pour mon cœur très-prophâne,
Lorſque la Mort en ſon rapide cours,
Traînant ſur moi ſon crêpe diaphane ,
Viendra couper la trame de mes jours,
D'être en les bras de celle que j'adore ,
De la preſſer, de ſoupirer encore,
Et d'expirer dans le ſein des amours. . . . .
Que dis-je ? Hélas ! Le préjugé rigide
A mes regards enleve ce tableau.
Ainſi, ſouvent m'arrachant mon pinceau,
Ce fier tyran, qui malgré nous décide,

Sur mes crayons étend ſon noir bandeau.
Mais le plaiſir , quelquefois moins timide,
En ſouriant , leve un coin du rideau.

Dans les tranſports de ſon heureuſe extaſe,
L'Hermite en proye à l'ardeur qui l'embraſe,
Boit à longs traits, par des plaiſirs nouveaux,
Le bonheur d'être & l'oubli de ſes maux.
Tels on nous peint, ſous la loi d'innocence,
Dans leur jardin nos deux premiers parens,
Libres, contens, & par la jouiſſance
Du plus long jour marquant tous les momens.

Mais le jour luit , & ſa clarté plus grande
Vient reveiller les travaux des humains.
Vers les autels tendant leurs chaſtes mains,
De ſaintes ſœurs préſentent leur offrande,
Et par leurs chants célébrant leur Auteur
Les cris des Saints s'élevent au Seigneur.

Que faiſois-tu cependant, ame ſainte,
Jeune Marie, en qui, par ſa ~~ferveur~~ *ferveur* ?
Un reſpectable & ſage Directeur
A des vertus gravé l'utile empreinte ?
Tu gémiſſois en proye à la langueur.
Un ſeul regard a, dans ton jeune cœur,
Porté la joye, & le trouble, & la crainte.
Tu ſoupirois ſans trop ſçavoir pourquoi.
Arrête.... Eh bien...! d'où vient ce triſte effroi ?

C'eft lui , c'eft lui , qui frappe à ta cellule.
Qui te retient ? Quel funefte fcrupule !
Regarde-le. Tels font ces Immortels
Qui méconnus, & cachant leurs démarches,
Venoient porter à nos faints Patriarches
Du Tout-puiffant les décrets éternels.

    ,, O Vous, dit-il, d'un ton plein de fa flamme,
,, Ange divin, célefte Déité,
,, Recevrez-vous le tribut de mon ame ?
,, Sans vous, hélas ! eft-il de fainteté ?
,, J'ai du Seigneur fuivi l'auftere route,
,, J'ai pratiqué toujours fa fainte loi ;
,, Mais il n'eft rien , dans un fi faint emploi,
,, De comparable au plaifir que je goute
,, En contemplant les attraits que je voi.
,, Daignez du moins agréer mon hommage.
,, Guidez un cœur timide & chancelant.
,, Eh ! peut-on mieux fervir le Tout-puiffant
,, Qu'en adorant fon plus parfait ouvrage ?
    En achevant, il preffe fes genoux.

D'un choc fi prompt la belle embarraffée ,
D'étonnement, de plaifir oppreffée,
En vains efforts exhale fon courroux.
L'Amant fourit de fa frêle colere ;
Et, trop inftruit pour céder au refus ,
Pouffe en avant une main téméraire.

                            De

De foibles cris embarraſſés, confus,
Par cent baiſers ſont éteints au paſſage ;
Et mille attraits, vainement défendus,
Du Séducteur deviennent le partage.
„ Ceſſez.… Ceſſez.… dit-elle en ſoupirant.
„ Ah ! ſont-ce là les fruits de pénitence ?
„ Oui, dit l'Amant, toujours en la ſerrant,
„ Des Bienheureux oui ! c'eſt la récompenſe.
„ J'ai vu le Ciel & le ſouverain bien.
„ Les dons de Dieu ſont le tréſor du Sage.
„ Dans vos beaux yeux j'en ai connu l'uſage.
„ Je vous dois tout. Sans vous je n'étois rien.
    D'UN bras nerveux ſoudain il la ſouleve,
Et de la natte, où la trop ſimple Eleve
Avoit placé le lit de la douleur,
Il va former le trône du bonheur.
De ſes deſirs tout augmente l'amorce.
Un vêtement tiſſu de ſeule écorce,
Sous ſes efforts détruit, pulvériſé,
En cent morceaux eſt à l'inſtant briſé.
Marie encor ſe défend & réſiſte.
Le doux Vainqueur ſi fortement inſiſte,
Met à propos ſi bien ſon embarras,
Qu'elle l'étreint elle-même en ſes bras.
Déjà ſur lui ſes cuiſſes enlacées
D'un double nœud ſont fortement preſſées.

C

Honneur, vertu, rien ne peut en ce jour.
Hélas ! que fert un fiecle de retraite,
Contre un feul trait que nous lance l'Amour.
Ce Dieu, brûlant d'achever leur défaite,
Confond bientôt leurs plaintes, leurs foupirs,
Plane fur eux, redouble leurs defirs,
D'un doigt heureux leur ouvre la carriere;
Et fur fes pas la foule des plaifirs,
D'un même effort enfonce la barriere.
Leurs yeux, alors fermés à la lumiere,
De fon bandeau par lui furent couverts;
Et le malin, qui les regardoit faire,
Avec un cri s'élança dans les airs.

LE FRUIT NOUVEAU.
CONTE.

Imité DELLA NOVELLA DELL'ANGELO GABRIELE.

THE'SAURISER eſt le fait d'un vilain ;
Maître François (1) l'a dit dans ſa Chronique.
Tout au rebours, briller, mener grand train,
A table, au jeu, ſe montrer magnifique,
Semer l'argent & l'or à pleine main,
Voilà le lot de tout honnête humain.
Auſſi le Ciel, qui vous damne un Avare,
Pour le Prodigue a plus de charité.
En ſa faveur ſouvent il ſe déclare.
Et je vous vais, d'un exemple aſſez rare,
Prouver qu'ici je dis la vérité.

MESSER GHINO fut un fort galant homme,
Qui, dans Florence à bon droit honoré,
Des doux plaiſirs y vivoit entouré.
De ſes grands biens il ignoroit la ſomme.
Son Intendant qui bien mieux la ſçavoit,

(*) Rabelais, Gargantua livre I. Chap..... Diſcours fait à Pierochole par ſes Conſeillers.

C 2

Pour fon profit fourdement travailloit,
Et s'occupoit à ruiner fon Maître.
L'éclat pompeux, par lequel il brilloit,
Aidoit encor les manœuvres du traître.
Des vafes d'or couronnoient fes buffets.
Chez lui régnoient & le luxe & la joie ;
Et des tapis nuancés par la foie,
Foulés aux pieds, recouvroient fes parquets.
Mille affamés dévoroient fes richeffes.
Notre Prodigue, aveugle en fes largeffes,
Pour contenter fes caprices divers,
Donnoit fans ceffe en de nouveaux travers.
Payoit bien cher fille ou femme jolie,
Dont le minois flattoit fa fantaifie ;
Avec fracas dans fes bruyans concerts
Sacrifioit au Dieu de l'harmonie ;
Et fans égards aux talens, au génie ;
Soudoyoit tout, jufquaux faifeurs de vers.
    CE grand état, cette fortune immenfe,
Sur qui rouloit cette vafte dépenfe,
A petit bruit cependant fe minoit.
De maint emprunt l'onéreufe reffource,
En l'ébranlant encor la foutenoit ;
Mais du torrent, qui déjà l'entraînoit,
Ce fecours même aggrandiffoit la fource ;
Et l'intérêt, doublant le capital,

Au plus grand point fit accroître le mal.

Des créanciers la cohorte empreſſée
Fondit bientôt ſur ces foibles débris.
De par Thémis tout à la fois fut pris.
De ſes ſuppôts la foule intéreſſée
En vains papiers en abſorba deux quarts ;
Et du reſtant fit de ſi juſtes parts,
Qu'au malheureux, plongé dans l'indigence ,
On ne laiſſa pour toute ſubſiſtance ,
Qu'un bien des champs en un canton lointain ,
Où , ſans amis , ſans flatteurs , ſans maîtreſſes ,
Fuyant le monde & ſes fauſſes careſſes ,
Il fut bêcher , pour éviter la faim.

Sur des chevrons , des pailles reliées
Formoient le toit de ce mince ſéjour.
Un ceps antique , & ſurchargé d'années ,
De ſes ramaux embraſſoit le contour ;
Et , près du toit ſes branches ramaſſées ,
Dans des cerceaux doublement enlacées ,
Donnoient abry contre le chaud du jour.
Un héritage entouroit la maſure ,
Où , des ſaiſons les divers chagemens
Entretenoient quelques fruits bienfaiſans ,
De la nature heureux & doux préſens.
Un filet d'eau rafraichiſſante & pure ,
En ſerpentant arroſoit la verdure.

La blanche épine & le rofier des champs
De ce verger faifoient feuls la cloture ;
Et des figuiers, qui croiffoient fans culture,
Mêloient leurs fruits aux rofes du Printemps.
Là, fans valets, beftiaux, ni charrue,
D'un lourd hoyau chargeant fa foible main,
Ghino plantoit les choux & la laitue ;
Cueilloit l'oignon dont il frottoit fon pain,
Bêchoit, farcloit, du foir jufqu'au matin,
Verfant des pleurs, lorfque dans le lointain,
Ses maux préfens ramenoient à fa vue
Un fouvenir, qui l'accable & le tue.
A quatre pas de ce petit jardin,
D'un champ borné la culture affidue
Lui rapportoit, à force de travaux,
Un pain groffier, bien payé par fes maux.
   Du tentateur la malice infernale,
De nos ayeux l'avidité fatale,
Sans doute auffi les décrets du Seigneur,
Nous ont valu cet excès de douleur.
Jadis, dit-on, créé pour ne rien faire,
L'homme, par Dieu fut placé fur la terre ;
Il le forma lui-même de fes mains.
Mais, par malheur, fous la peau d'une pomme
Giffoit le fort du monde & des humains.
Eve la vit, en fit manger à l'homme ;

Et ce repas, fi mince & fi mefquin,

De l'Univers renverfa le deftin.

Depuis ce temps, maudit dans fa colere,

D'un vieux péché coupable involontaire,

Le genre humain, rejetté loin des Cieux,

Rampe à travers la peine & la mifere,

Et le bonheur, ce bien fi précieux,

N'eft plus pour lui qu'une vaine chimere.

  GHINO fur-tout, dans fon nouvel état,

Portoit le poids de ce trifte anathême.

Plus furchargé qu'un Négre ou qu'un Forçat,

Il maudiffoit, dans fa douleur extrême,

Son champ, fon fort, fon travail & lui-même.

Il y femoit, toujours en gémiffant,

Le foible efpoir de la moiffon prochaine,

Efpoir fragile & reffource incertaine;

Quand Gabriel ce Meffager brillant

Qui, d'une voix gracieufe & polie,

Fut annoncer à la Vierge Marie

L'étonnant choix qu'a fait le Tout-Puiffant;

A qui jadis, comme à fon bon génie,

L'humble Ghino, devot & pénitent,

A fait chanter plus d'une litanie;

Et dont la fête étoit par lui fournie

De mainte offrande & de maint beau préfent,

Prit en pitié fon malheureux client.

D'un vol léger traverſant l'atmoſphere
Il ne voulut ſe laiſſer voir à nu.

Il endoſſa , pour n'être point connu,
D'un Houberau , la forme menſongere ;
D'un fourniment joint à la carnaſiere ,
Et d'un mouſquet ſur un bois vermolu ,
Le bienheureux chargea ſon dos charnu.
Puis , lentement fourniſſant ſa carriere ,
Il ſe gliſſoit à travers la bruyere
En Braconnier qui tremble d'être vu.

Pre's de Ghino pas à pas parvenu,
L'Ange d'abord l'obſerve & conſidere.
Il vous le voit, un drap autour des reins ,
A pas comptés , par juſtes intervalles,
Dans ſes ſillons, à diſtances égales ,
A droite à gauche éparpillant ſes grains.
Il s'en approche ; & , d'une voix honnête ,
D'un air flatteur & d'un ton adouci ,
„ Ami , dit-il , que ſemez-vous ainſi ? „

Sans ſeulement daigner tourner la tête ,
Le malheureux , plongé dans ſon ennui,
Crut fermement qu'on ſe moquoit de lui.
„ Je ſeme des. . . . . Mais , Ciel ! Qu'allois-je dire !
Quel mot groſſier ma plume alloit écrire ! . . .
Si me faut-il crayonner cependant
Du fier Ghino l'impoli compliment.

Voyons. . . . Cherchons un terme équivalent.

Vous avez lu, du naïf La Fontaine,
Les Vers heureux & le Recueil charmant.
Dans ce Recueil eſt un Conte plaiſant,
L'un des meilleurs qu'ait enfanté ſa veine.
Au Dieu du jour étalant leurs tréſors,
Un eſcadron de timides Nonettes
En rougiſſant ſous leurs ſimples cornettes,
Montrent à nu leurs attraits & leurs corps.
Dame Prieure a ſur ſon nez lunettes,
Et va cherchant dans des routes ſecrettes
Pour découvrir certain bout de lacet,
Par qui des Sœurs s'élargit le corſet.
Hélas ! du Ciel ce préſent favorable,
De ſa bonté gage trop peu durable,
Eſt différent ſelon chaque ſujet.
Chez un Poupin, c'eſt ſimple cordonnet.
Chez un Frappart, c'eſt ſouvent un gros cable.
C'eſt ce lacet, ce monſtre redoutable,
Qu'à Gabriel, Ghino nomma tout net.
L'Ange rougit. „ Eh bien, c'eſt fort bien fait.
„ Ce que l'on ſeme il faut qu'on le moiſſonne,
„ Et la recolte à coup ſûr ſera bonne.
A ce propos qu'un ton ferme aſſaiſonne,
L'Ange quitta ſon vil déguiſement,
De trait de feu ſon viſage rayonne,

Et dans les airs, fur les aîles du vent
Il difparoît porté rapidement.

GHINO tombé la face contre terre,
Pouffe en pleurant un long gémiffement.
„ Ah Monfeigneur ! Miniftre du tonnerre,
„ Des volontés du Ciel dépofitaire,
„ Et du Très-Haut formidable inftrument,
„ Oui ! j'ai péché. Mais voyez ma mifere.
„ Voyez mes pleurs, mes regrets, mostourment.

DISANT ces mots, il fe leve en furie,
Meurtrit fon fein des coups du défefpoir.
En Sanglottant regagne fon manoir ;
Bien réfolu de s'arracher la vie,
Si de l'effet la menace eft fuivie.
Chaque matin il vifite fes champs.
Rien n'y paroît, rien n'y frappe la vue ;
Et cependant aux cantons attenans
L'on voit déjà pointer l'herbe menue.
L'ame troublée, inquiette, éperdue,
Pendant l'hiver il fait à fon patron
Des vœux ardens pour obtenir pardon.

LE temps s'envole, & fon aîle légere
Ramene enfin la nouvelle faifon.
Tout s'embellit & renaît fur la terre.
Au fond des bois, les habitans des airs
Font retentir leurs amoureux concerts.

Du Dieu du jour la bénigne influence
Fait pétiller les feux de l'exiftence.
Le doux plaifir anime l'Univers.
Le tendre amour, fur les êtres divers
Etend fa flamme & fi vive & fi pure ;
Et dans ces temps où l'heureufe nature
Se rajeunit par un nouvel effort
Le feul Ghino comptoit des jours de mort.

　Mais un matin qu'à l'aube renaiffante,
Il obfervoit fes ftériles fillons,
Il apperçoit, à fes premiers rayons
Du fruit maudit la tige menaçante.
A cet afpect, d'horreur & d'épouvante,
En un inftant tous fes fens font glacés.
Il veut parler ; & fes fons oppreffés
Sont, dans fa bouche, en naiffant étouffés,
Honte, remords, défefpoir, tout l'entraîne.
Sur fes genoux il rampe au pied d'un chêne.
Ferme les yeux ; &, foupirant tout bas,
D'un ton plaintif appelle le trépas.

　L'Ange divin qui voyoit fa fouffrance,
Fut fatisfait de tant de répentance ;
Par le malheur inftruit & corrigé,
Il le jugea fuffifamment changé.
Le repentir fit oublier l'offenfe.
De quelques traits que l'on foit outragé,

Il eſt ſi doux d'écouter la clémence !

En pardonnant on eſt plus que vengé.

    D'un vieil Hermite il ſaiſit l'encolure

Ceignit ſes reins d'un tortueux cordon ;

De crins touffus ombragea ſa figure ;

Puis s'approcha, dans ſa triſte parure,

Traînant ſon corps courbé ſur un bâton.

    „ Eh, quoi ! dit-il, joignant le miſérable ,

„ Eh quoi, mon fils, vous paroiſſez gémir !

„ Quels traits ſur vous ont pu s'appeſantir.

„ Apprenez-moi le ſort qui vous accable.

„ Je puis bien peu ; mais mon cœur ſécourable

„ Plaindra vos maux, & ſçaura les ſentir.

    A ce diſcours pieux & charitable ,

Ghino ſentitſon ame s'affermir.

Il entr'ouvrit ſes yeux baignés de larmes,

Et, s'aſſeyant près du Conſolateur ,

En quatre mots lui conta ſon malheur.

„ Vous le voyez, l'objet de mes allarmes ,

„ Ce champ maudit par l'Ange du Seigneur.

„ Je l'outrageai dans ma bruſque colere.

„ Peut-être hélas ! d'une main ſalutaire

„ Auroit-il pu diſſiper ma douleur ,

„ J'ai tout perdu par ma brutale erreur.

„ Je dois mourir..... L'excès de la miſere

„ Fait pardonner l'excès de la fureur.

„ Non, non, mon fils, lui répond avec zele,
„ L'Ange caché fous l'habit du Prêcheur.
„ Du Tout-Puiffant la bonté paternelle
„ Veut feulement, quand fa voix nous appelle,
„ Le repentir , non la mort du Pécheur.
„ Vivez Ghino, fon efprit, qui m'anime,
„ M'apprend qu'il a pardonné votre crime.
„ Il fait bien plus. Il veut vous rendre heureux.
„ Du doux péché ces inftrumens honteux,
„ Dont la croiffance a caufé vos détreffes,
„ Seront pour vous la fource des richeffes,
„ Cueillez celui, qui le mieux façonné,
„ Leve le plus fa rubiconde crête.
„ Vous n'aurez pas à faire longue quête.
„ Dès que ce fon *oh* ! *oh* ! fera formé
„ Vous le verrez bientôt dreffer la tête,
„ Et ne ceffer le travail & la fête,
„ Que quand ce mot efficace & facré
„ *Parapilla* lui fera prononcé.
„ Allez, mon fils, armez-vous de courage.
„ Vendez bien cher ce Bijou précieux,
„ Garant certain de la bonté des Cieux.
„ Vivez en paix , fur-tout foyez plus fage.
„ Et, de vos biens faifant un jufte ufage,
„ Méritez-les en en profitant mieux.

COMME un éclair, qui fillonne la nue,

Il difparoît auffi-tôt à fa vue.

De ce miracle, interdit & furpris,

L'humble Ghino, le front dans la pouffiere,

Adreffe à Dieu fa fervente priere,

Pour un bienfait dont il fent tout le prix.

Puis, effuyant fon humide paupiere,

Reprend bientôt fa force & fes efprits.

SEXE brillant, qu'une main bienfaifante

Sçut embellir des flammes du plaifir ;

Dont la pudeur, timide & plus piquante,

Sous le refus fçait cacher le defir ;

Dois-je épaiffir la gaze tranfparente

Dont, avec foin, ma main fage & décente

Sçait obfcurcir ces traits de mon loifir ?

Par vos regards animez ma foibleffe ;

Je vais chanter le bonheur de jouir.

Puiffé-je, en proye à la plus douce yvreffe,

Sous les crayons de la délicateffe

Peindre l'Amour, fans le faire rougir.

DE'JA notre homme, à fes defirs en proie,

Dans l'avenir s'élançant avec joie,

Tout en courant retourne à fes foyers.

Il va choifir parmi trente paniers,

D'ofier flexible une fimple corbeille ;

Joint le lilas à la rofe vermeille ;

Et, nuançant avec art les couleurs,

Garnit le fond des dépouilles des fleurs.
Un linge blanc., de la plus fine toile,
Sert au berceau de couvercle & de voile.
Puis, en tenant son gentil corbillon,
Le bon Ghino parcourt chaque sillon.

Levant leur tige en l'air comme des cierges.
Vous avez vu, sans doute, un plan d'asperges,
Quand, fécondé des traits de la chaleur,
On l'apperçoit pointer dans la primeur.
Tel, dans son champ, qu'avoit maudit l'Ar-
         change,
Ghino voyoit croitre ce fruit étrange.

Il cherche, il tâte, il observe avec soin,
En choisit un, qui dominant au loin,
Par les couleurs de sa crête écarlatte,
Eteint le feu qui dans la pourpre éclatte.
Hélas ! que font les joyaux des humains,
Près d'un, que Dieu façonne de ses mains ?
En l'ébranlant, d'abord il le détache.
De ses deux mains doucement il l'arrache.
De la racine enleve les filets ;
Et louant Dieu, dont les justes décrets
Comme il lui plait, ordonnent toutes choses,
Met le Bijou tout au milieu des roses.

Le reste alors disparoissant soudain,
Le champ n'est plus qu'un inculte terrein,

Ghino regarde , & de ce grand prodige
Il n'apperçoit ni traces ni veſtige.
Entre ſes bras il reprend ſon berceau ,
Et ſans chercher un circuit inutile,
A pas preſſés il entre dans la Ville,
A haute voix criant ſon fruit nouveau.

C'ETOIT le temps , que la riante aurore
Répand dans l'air ſes pleurs & ſon émail.
L'azur des Cieux , que ſa clarté colore ,
Paroît rougi des teintes du corail.
De mille attraits l'Univers ſe décore.
Un ſoufle pur agite , avec douceur ,
Les ſommités dont ſe couronne flore ;
Et le bouton , qui ne fait que d'éclore ,
Ouvre ſon ſein pour pomper ſa fraicheur.
Morphée , alors égayant ſes menſonges ,
Verſe ſur nous de riantes erreurs.
Un ſang plus vif fait palpiter nos cœurs ;
Et le Plaiſir eſt ſur l'aîle des Songes.

LA jeune Hortenſe en ces momens heureux
Se réveilloit , par l'Amour enyvrée.
Dans tous ſes ſens un rêve dangereux
Portoit le feu dont elle eſt pénétrée.
Pour rappeller un bonheur qui s'enfuit ,
Dans le déſordre où ſon ame eſt livrée ,
Elle s'étend , ſoupire , & puis gémit ,

Se

Se trouvant feule, au milieu de fon lit.

D'un tendre époux, qui l'avoit adorée,
Depuis trois mois elle étoit féparée.
L'affreuse mort, ce redoutable écueil,
Avoit éteint dans la premiere année
Les feux qu'avoit allumés l'hyménée.
L'Amant étoit plongé dans le cercueil;
Mais, du plaifir la flamme fortunée
Brûloit encor fous les crêpes du deuil.

Le mot nerveux, qui frappe fon oreille,
Au même inftant l'émeut & la réveille.
„ Vite, voyez, appellez ce Marchand,
S'écrie Hortenfe, en éveillant Rofette:
Or, vous faurez que la fine Soubrette,
L'oreille au guet, & dans un doux loifir,
Faifoit alors, fans fonger à dormir,
Entre fes draps une oraifon fecrette.
Elle entendit très-bien ce qu'il crioit;
Et, de le voir brûlant d'impatience,
Introduifit près du lit, en filence,
Le bon Ghino, qui tout bas fourioit.

„ Qu'avez-vous là, bon homme, dit Hortenfe?
„ Que vendez-vous ainfi dès le matin ?
„ Hélas! Madame, un fruit de mon jardin,
„ Point trop commun, & de quelqu'impor-
    tance;

D

„ C'eſt un tréſor dont on fait fort grand cas.
Il met alors le panier ſur les draps :
La jeune veuve, avec impatience
Leve le voile, & fouille avec prudence
Le tas de fleurs de ſes doigts délicats.

BIENTÔT le monſtre apparoît à ſa vue :
Oh ! oh ! dit-elle ; & déjà comme un trait,
Au fond du lit il perce & s'inſinue :
Sous ſes efforts il gliſſe & ſe ſouſtrait ;
Ecarte tout par ſes vives ſaccades ;
Du blanc fémur effleure le ſatin ;
Et, de l'amour forçant les barricades,
Pénétre enfin l'ébene & le carmin.
Hortenſe en paix s'abandonne au deſtin :
Sous le vainqueur elle reſte couchée.
Sur ſon chevet ſa tête s'eſt panchée :
Des traits de feu qui brillent ſur ſon tein,
Sa peau de lait eſt par-tout nuancée.
Le mouvement dont elle eſt balancée,
Plus fortement fait ſoulever ſon ſein.
Par ſes ſoupirs ſa bouche colorée
En ſe ſerrant appelle le baiſer ;
Elle s'entrouvre : elle croit appaiſer
L'ardente ſoif dont elle eſt dévorée :
Et ſes beaux yeux, qui craignent de s'ouvrir,
Sont inondés des larmes du plaiſir.

DE ce bijou contemplant la nature,
Rose admiroit cette heureuse avanture :
Mais que ne peut un instrument divin ?
Bientôt sans regle il double la mesure ;
Passe, repasse, & d'une marche sûre,
Sans s'arrêter poursuivant son chemin,
Conduit Hortense à deux doigts de sa fin.
La volupté, sur ses lêvres errante,
Languissamment s'affaisse sans vigueur.
Elle se pâme, & son âme expirante
Va s'envoler d'un excès de bonheur.

GHINO, qui voit le danger & la crise,
Dit le grand mot qui lui fait lâcher prise.
A ce grand mot, à ce charme puissant,
Soudain le trouble & s'appaise & s'arrête :
Tel autrefois, au fort de la tempête,
Le Dieu des mers, armé de son trident,
Calmoit des flots le courroux mugissant.
En vains efforts l'aquilon se consume ;
L'onde obéit, se laisse subjuguer ;
Et, sur les *bords* qu'elle alloit submerger,
Roule & se brise en impuissante écume.

Oh ! oh ! dit Rose : à ce fatal accent
Le fier bijou se dresse en menaçant ;
Saute des draps, que bien loin il disperse,
Sur un fauteuil la pousse & la renverse ;

D 2

Et, la preſſant ſous ſes terribles loix,
En bégayant lui fait perdre la voix.

LA jeune Hortenſe en eſt épouvantée;
Craint qu'à la fin un ſi gentil oiſeau
Sous ſes efforts ne trouve ſon tombeau,
Et que bientôt elle ne ſoit privée
Du doux eſpoir d'un tréſor auſſi beau.

LE bon Ghino, qui lit dans ſa penſée,
Pour la calmer lui dit tout ſon ſecret;
Et ſe hâtant d'en faire voir l'effet,
Répand la paix dans ſon ame oppreſſée.

ON le remet proprement dans les fleurs;
Puis, rougiſſant des plus vives couleurs:
„ Vous que le Ciel clément & débonnaire
„ D'un bien ſi grand a fait dépoſitaire,
„ Comment payer, dit-elle, un tel tréſor?
„ J'ai là-dedans cent mille écus en or;
„ C'étoit ma dot, qui m'eſt peu néceſſaire,
„ Car mon époux à ſon heure derniere
„ Par teſtament m'a donné tout ſon bien.
„ Voyez: prenez la ſomme toute entiere;
„ Elle eſt à vous: je n'y prétends plus rien.

SANS héſiter, Ghino conſent à l'offre.
Roſe, en courant, va dans un cabinet,
Dont elle apporte enſuite un petit coffre.
On l'ouvre; on voit que le compte eſt bien net.

Hortenfe alors fe croit trop fortunée ,
Et le lui livre avec un très-grand cœur.
Laiffons Ghino devenu Gros Seigneur ,
Et du Bijou fuivons la deftinée.

  QUAND fur fes traits , fa forme , fa longueur ,
Sur l'embonpoint qu'il porte en fa rondeur ,
Sur ce prodige & ce profond myftere
Toutes les deux eurent bien raifonné ,
On fit d'abord le ferment téméraire
De vivre en paix , & fur-tout de fe taire
Sur le préfent que Dieu leur a donné.
Hortenfe enfuite , étant propriétaire ,
Voulut l'avoir près d'elle jour & nuit ;
Et puis convint que l'ardente Soubrette ,
En promettant d'être toujours difcrette ,
Deux fois par jour en auroit l'ufufruit.
Le traité fait , au fond d'une caffette
On le plaça proprement arrangé ;
Et fous la clef doublement engagé ,
Dans le recoin d'une armoire fecrette ,
Avec grand foin le tout fut encagé.

  PAS n'eft befoin qu'ici l'on me demande
Si , dans fon culte exactement dévot ,
Le couple heureux au précieux marmot
Chaque journée apportoit fon offrande.
Sans jaloufie & fans difcuffion ,

                              D 3

On n'avoit plus d'autre occupation :
Il tenoit lieu du monde entier pour elles.
Et le joyau, des deux tendres femelles
Sans se laffer fervant la paffion,
On jouiffoit fans avoir de querelles.

AVANT cela la veuve alloit fouvent
Voir une fœur dans un prochain couvent,
Qui, fous l'habit d'une Bénédictine,
Sous fon bandeau, fous la fimple étamine,
Avoit caché tous les feux de vingt ans.
Sans trop favoir *quelle* en eft l'origine,
Elle fentoit une flamme mutine,
Qui fourdement embrafoit tous fes fens.
Le doux Jefus, qui reçut fes fermens,
N'appaifoit pas, par fa grace divine,
Ce mal étrange & fes fecrets tourmens.
Pour contenter le mal qui l'inquiete,
Elle voyoit Hortenfe chaque jour :
Son cœur, brûlé dans fa trifte retraite,
Se foulageoit par cet heureux détour.
Eh ! l'amitié qu'exprime une Nonette
Prefque toujours eft le plus tendre amour.

MAIS, au Bijou fortement attachée,
Hortenfe ayant négligé le parloir,
De cet oubli, qui trompoit fon efpoir,

La jeune Sœur fut vivement touchée.
D'un ſtyle, aigri par ſa vive doûleur,
Elle écrivit une lettre preſſante ;
Y crayonna, d'une façon touchante,
Son amitié, ſa crainte, ſa langueur :
Et de Jeſus la ſainte & pure Amante
En traits bouillans peignit ſon chaſte cœur.

HORTENSE accourt à ce tendre meſſage :
On la reçoit d'abord avec froideur.
Puis, écartant ce mauſſade étalage,
On ſubſtitue à cet accueil ſauvage
Menus propos, filés avec douceur.
„ Ah ! loin de vous puis-je vivre, ma ſœur ?
Dit la Nonette en verſant quelques larmes.
„ Avez-vous pu me cauſer ces allarmes ?
„ Quoi ? m'aimez-vous? d'où vient cette rigueur,
„ Vous qui cauſez le plaiſir de ma vie ?
„ Dites-le donc, ô ma plus tendre amie,
„ Mon bien, mon tout, ma joie & mon bonheur.
DISANT ces mots, de la veuve attendrie
Entre la grille elle ſaiſit la main ;
Avec effort la preſſe ſur ſon ſein :
Et l'amitié, toujours plus careſſante,
Y porte enſuite une bouche brûlante.

POUR parvenir à ſe juſtifier,
Hortenſe veut, de prétextes frivoles,

De foins preffans & de fauffes paroles,
Cacher le vrai, qu'on ne peut pallier.
Elle balance un inftant : elle héfite.
Mais l'amitié fi fort la follicite,
Peut-être auffi le defir de parler,
Qu'elle confent à lui tout déclarer ;
En exigeant une ferme promeffe
D'entendre tout , fans en jamais jafer.
Qui de ce fexe a connu la foibleffe,
Sait à quel point on doit s'y confier.
Comptez bien peu fur les fermens des filles :
Et pour tous ceux qui fe font près des grilles,
Ah ! croyez-moi, n'y comptez point du tout.

HORTENSE enfin narra de bout en bout
Difcrétement à la jeune Nonette
Ses doux plaifirs, & fon heureufe emplette.

Mais, qui pourroit peindre les queftions,
Tous les détails, les explications
Que des deux fœurs la langue impatiente
Sait joindre à cette hiftoire intéreffante.
Sur-tout la veuve avec plaifir s'étend
Sur fa beauté dont chaque trait l'enchante.
La volupté, qui la rend éloquente,
Peint d'un crayon fi fort, fi féduifant,
Du bon Ghino le merveilleux préfent,
Qu'elle fait naître à la pauvre reclufe

Un defir vif d'effayer fon talent.
De prime abord Hortenfe la refufe ;
Sur le danger établit fon excufe :
Dans le Couvent comment le faire entrer ?
Que devenir s'il alloit s'égarer ?
La jeune fœur, que l'obftacle aiguillonne,
Preffe fi fort, avec tant d'art raifonne,
Réfoud fi bien toutes objeâions,
Qu'Hortenfe enfin fait fes conditions.
Elle confent, que l'efpace d'une heure
Il foit caché dans la fainte demeure.
Le lendemain il doit être envoyé,
Et le coffret, qu'on aura ficelé,
Sera remis à la Sœur elle-même.
Puis, combinant fagement fon fyftême ;
Dans un billet bien & duement fcellé,
Rofe au couvent apportera la clef.

N'ATTENDEZ pas que ma plume incertaine ,
Traînant fon bec au hafard, avec peine,
Ofe efquiffer par de foibles efforts
De la Nonain la joie & les tranfports.
Pour crayonner fa flatteufe efpérance,
Et de fon cœur la douce impatience,
Il me faudroit, auffi prompt que l'éclair,
Peindre le feu qui pétille dans l'air.

SI l'on dormit, fi la Déeffe fombre

Fut trop long-temps à replier ſon ombre,
Si plus d'un vœu précipita ſes pas ;
Si le ſoleil pour éclairer le monde
Parut trop tard ſortir du ſein de l'onde ;
Je n'en ſais rien , & ne le dirai pas.
J'ai quelquefois, dans des temps d'allégreſſe,
Pendant un jour attendu ma maîtreſſe :
Mon cœur bouilloit ; & les moindres momens
Etoient pour moi des ſiecles de tourmens.

L'ASTRE du JOUR , au haut de ſa carriere,
Epanche enfin des torrens de lumiere,
Et la Nonain, dans un trouble mortel,
Diſpoſant tout ſous l'ombre du myſtere,
Au tendre Amour préparoit un Autel
Plus doux que ceux qu'on éleve à Cythere.

O Gens du monde, ô vous, dont les plaiſirs
Vont étalant une pompe ſi vaine ;
Vous connoiſſez la propreté mondaine,
Vous bornez là vos faſtueux deſirs.
Vous ignorez, qu'une ſimple Cellule
Que chaque jour, exacte avec ſcrupule,
Une Nonette arrange en ſes loiſirs,
Vaut cent fois mieux, eſt autrement piquante,
Prête une forme à l'Amour plus vivante,
Qu'un Cabinet de glaces pétillant,
Où le plaiſir s'aſſoupit en bâillant.

J'ai pénétré cet heureux sanctuaire.

J'ai vu, des mains de la simplicité,

En ce réduit naître la volupté.

J'ai vu l'Amour pélotonner par terre

Et guimpe, & voile, & ceinture & rézeau.

J'ai vu tomber le funeste bandeau,

Et la Beauté, sans art & sans parure,

Paroître au jour & venger la Nature.

　　C'est dans ce lieu, de roses parfumé,

D'un air plus pur avec soin embaumé,

Que le Bijou, qu'on se trace d'avance,

Est attendu dans un morne silence.

Il vient enfin ; &, sur la fin du jour,

Bravant la Regle & sa loi trop austere,

Le plaisir glisse au sacré Monastere

Tout doucement, & par le petit tour.

　　Au premier bruit la Sœur est descendue,

Prend le coffret ; revole, ouvre soudain,

Regarde, & met avec sa blanche main,

Sur un coussin la pomme défendue.

　　Dieux ! quels regards ! quels transports

　　　　curieux !

De quels éclairs étincellent ses yeux !

L'Amour pétille ; & d'un doux sacrifice

L'heureux Bijou va fournir l'exercice...

Quand, par hasard, ou plutôt par malheur,

La Mere Abbeſſe & deux vieilles Diſcretes,
Troupeau hideux, effroyables ſquélettes,
Vont toutes trois pour viſiter la Sœur.

A leur aſpect, la Nonette effarée,
Du beau Joyau s'eſt d'abord emparée ;
Mais toutes trois formant un triple écho,
D'étonnement font retentir *Oh ! oh !*
Vous euſſiez vu le ſerpent formidable
Plus animé, plus fort, plus redoutable,
Tout à la fois attaquer le troupeau ;
Braver tunique, & robe, & ſcapulaire ;
Fourager tout, aſſouvir ſa colere ;
Et les laiſſer ſans voix ſur le carreau.

POUR appaiſer ſa giganteſque audace,
Qui réduiſoit les Meres aux abois,
La jeune Sœur répete pluſieurs fois
Parapilla, ce mot tant efficace.
Ce Taliſman le prend au trébuchet.
Elle le place au fond de ſon corſet,
Pour éviter que, fier en ſes boutades,
Il ne ſe livre à d'autres incartades.

„ Mon doux Jeſus ! dit mere S. Michel,
„ Eſt-ce un démon ? Je n'ai rien vu de tel.
„ Ah ! d'une voix éteinte, inanimée,
„ Diſoit l'Abbeſſe encor demi pâmée,
„ J'allois mourir ſous des coups ſi hardis.

„ J'entrevoyois déjà le Paradis.

„ Des Bienheureux je favourois l'ivreffe,

„ Et j'avalois la coupe enchantereffe

„ Que Dieu promet à fes Elus chéris.

„ D'où vient l'effet fubit qui nous terraffe ?

„ Eft-ce , ma fille , un rayon de la Grace ?

„ Eft-ce un préfent du diable ou bien du Ciel ?

La Sœur alors , pour fe tirer d'affaire ,

Dit uniment que l'Ange Gabriel

Avoit remis ce Bijou falutaire

Entre les mains d'un bienheureux mortel ,

Qui , du Très-Haut inftrumeut fecourable ,

Se confioit , d'une ame charitable ,

Au faint Troupeau des Vierges du Seigneur

Pour redoubler d'amour & de ferveur ;

Qu'on l'attendoit , & qu'il falloit le rendre.

A ce propos les Sœurs , d'un ton plus tendre ,

Les yeux au Ciel , demandent à le voir.

On les inftruit des foins qu'il faut avoir

Pour éviter fa rage & fa furie ,

Qui peut renaître & qui n'eft qu'affoupie.

La Sœur le tire , & l'ôte de fon fein ;

Dans fa longueur le met fur le couffin ;

De deux flambeaux illumine la table ;

Et les trois Sœurs , fans fiel & fans courroux ,

Dévotement fe mettent à genoux.

MAIS l'heure paſſe, & déjà, de ſon ſable,
Le temps qui vole & marque les inſtans,
A pour jamais effacé ces momens.
Au petit tour la preſſante Roſette,
Plus d'une fois demande la caſſette.
La jeune Sœur, en ſoupirant en vain,
Voit qu'il lui faut attendre au lendemain.
Chaque Nonain va de ſa levre antique,
Par un baiſer, révérer la relique.
On tient conſeil ; & de ce grand Tréſor
Une autre fois voulant jouir encor,
Avec grand ſoin le ſecret on s'impoſe,
Et l'on promet d'en garder bouche cloſe.

ENFIN dûment remis, empaqueté,
Le ſaint outil au tour eſt reporté.
Il étoit tard ; la nuit étoit obſcure ;
Et le porteur du précieux coffret
Fut, à vingt pas, arrêté par le Guet.
Des habitans Florence étoit peu ſûre,
Et depuis peu diverſes Factions
Y produiſoient quelques diviſions.
Pour prévenir le trouble qui menace,
Exactement on veilloit dans la place,
Et l'on fouilloit, ſans égards ni reſpect,
Pendant la nuit, quiconque étoit ſuſpect.
On veut ſavoir ce que, dans la caſſette,

Le domeſtique emportoit auſſi tard.
Il ſe défend ; balbutie au haſard ;
Ne peut donner une réponſe nette.
On veut la clef. Lui, dit qu'il ne l'a pas.
Dans tout ceci voyant de l'embarras,
Le Barigel craignant qu'il ne haſarde,
Le fait mener de ſuite au Corps de garde.
D'une main ferme il empoigne un marteau.
Puis, appuyant un coup ſur un ciſeau,
En vingt éclats fait voler la ſerrure.
Il voit ; il rit ; & d'un air étonné,
Du ſaint outil admirant la quarrure,
Un long *Oh ! Oh !* fortement prononcé,
Eſt à l'inſtant dans les airs élancé.
A ces accens, qui doublent ſa vîteſſe,
Le don du Ciel s'échappe avec rudeſſe ;
Enfonce tout, & pourpoint, & manteau ;
De part en part perce le miſérable ;
Et, pour tous deux creuſant un ſeul tombeau,
Par le plaiſir le fait aller au diable.

F I N.

www.ingramcontent.com/pod-product-compliance
Lightning Source LLC
Chambersburg PA
CBHW060801180626
46818CB00002B/654